Para Betsy.
—D. C.

Para John William Reilly.
Bienvenido al mundo.
—B. L.

PUM, CUAC, MUU: Una loca aventura · Spanish translation copyright ©2009 by Lectorum Publications, Inc. · Originally published in English under the title THUMP, QUACK, MOO: A Whacky Adventure · Text copyright © 2008 by Doreen Cronin · Illustrations copyright © 2008 by Betsy Lewin · Published by arrangement with Atheneum Books for Young Readers, an imprint of Simon & Schuster Children's Publishing Division, New York. · All rights reserved. No part of this book may be reproduced or transmitted in any form or by any means, electronic or mechanical, including photocopying, recording or by any information storage and retrieval system, without permission in writing from the Publisher. · For permission regarding this edition, write to Lectorum Publications, Inc., 557 Broadway, New York, NY 10012. · THIS EDITION NOT TO BE SOLD OUTSIDE THE UNITED STATES OF AMERICA AND DEPENDENCIES, PUERTO RICO AND CANADA. · Book design by Ann Bobco · The text for this book is set in Filosofia. · The illustrations for this book are rendered in brush and watercolor. · ISBN 978-1-933032-53-5 (HC) · ISBN 978-1-933032-54-2 (PB) · Printed in Singapore · 10 9 8 7 6 5 4 3 2 1 · Library of Congress Cataloging-in-Publication data is available.

Pum, cuac, muu

*Una loca
aventura*

Doreen Cronin
y Betsy Lewin

Traducido por Alberto Jiménez Rioja

LECTORUM
PUBLICATIONS INC.
a subsidiary of Scholastic Inc.
New York

Se acerca la fecha del Festival Anual
de Laberintos de Maizales.

El granjero Brown está entusiasmado.

Este año piensa hacer
la Estatua de la Libertad
en su maizal.

Y necesitará ayuda para tener
todo listo cuando llegue el día.

Las gallinas no quieren ayudar.
—Les dejaré usar mis martillos
—dice el granjero Brown.

Las gallinas se ponen a construir una cerca alrededor del campo de maíz.

Las gallinas están entusiasmadas.

Las vacas no quieren ayudar.
—Les dejaré usar mis brochas
—dice el granjero Brown.

Las vacas se ponen a darle una mano
de pintura al establo.

Las vacas están entusiasmadas.

Pato nunca quiere ayudar.

–O me ayudas –le dice el granjero Brown–,

o se acabó la comida orgánica especial para patos.

Pato se pone a construir la taquilla de las entradas para el paseo en globo de aire caliente.

pum.

cuac.

pum.

cuac.

Pero Pato aún no está entusiasmado.

Los ratones siguen un curso
por correspondencia
de meteorología y están
demasiado ocupados
para echar una mano.

PARCIALMENTE
SOLEADO
HUMEDAD 60%

El aire se llena
con los laboriosos sonidos
de la granja.

Pum. ¡CUAC!

Los ratones están pendientes del estado del tiempo.

NUBOSIDAD CRECIENTE
POSIBILIDAD DE
VIENTOS FUERTES

También el granjero Brown
está muy ocupado.
Todos los días saca
su cuaderno de dibujo,
su papel cuadriculado,
sus útiles de pintar
y su podadora.

Dibuja un poco…

mide un poco…

calcula un poco…

...y corta. El granjero Brown
quiere que todo salga perfecto.

Todas las noches Pato se mete a escondidas
en el maizal. Lleva su cuaderno de dibujo,
su papel cuadriculado, sus útiles de pintar
y sus tijeras de podar. Lleva también
sus lentes de visión nocturna y una
regla que brilla en la oscuridad.

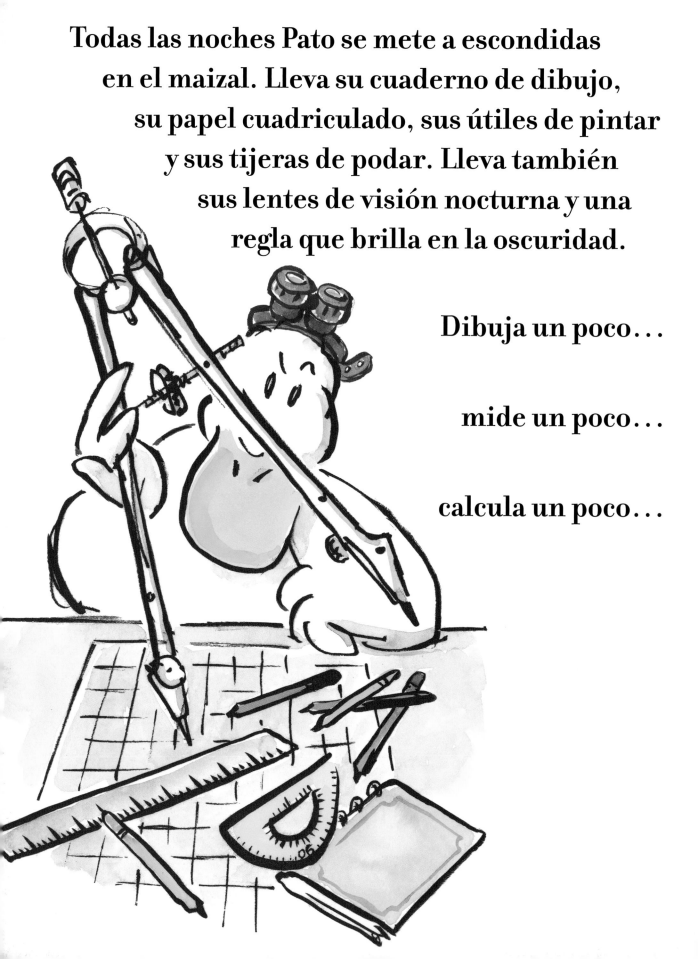

Dibuja un poco…

mide un poco…

calcula un poco…

Es la víspera del Festival Anual de Laberintos en Maizales. Por última vez, el granjero Brown saca su cuaderno de dibujo, su papel cuadriculado, sus útiles de pintar y su podadora.

Dibuja un poco…
   mide un poco…
      calcula un poco…
         …y corta.

¡La Estatua de la Libertad del maizal está terminada! El granjero Brown está demasiado entusiasmado para poder dormir.

Pato entra a escondidas en el maizal por última vez. Lleva su cuaderno de dibujo, su papel cuadriculado, sus útiles de pintar y sus tijeras de podar. Lleva también sus lentes de visión nocturna y una regla que brilla en la oscuridad.

Dibuja un poco…
mide un poco…
calcula un poco…
…y corta.

Pato está demasiado
entusiasmado para poder dormir.

¡Ha llegado el momento de inaugurar el Festival Anual de Laberintos en Maizales!

Las gallinas ya no pueden usar más los martillos.

El establo no ha quedado exactamente como el granjero Brown había pensado.

La taquilla de las entradas tiene un pequeño defecto de diseño.

Pero lo único que le importa al granjero Brown es el laberinto de su maizal.

Paga cinco dólares y salta a la cesta del globo de aire caliente.

¡Por fin verá su obra maestra desde arriba!

Pato también paga cinco dólares y salta
a la cesta del globo de aire caliente.

¡Por fin verá su obra maestra desde arriba!

¡Ahora Pato sí está entusiasmado de verdad!

¡JERÓNIMO!